The Crying Woman
La Llorona

Rudolfo Anaya

Illustrations by Amy Córdova
Translation by Enrique Lamadrid

University of New Mexico Press

ALBUQUERQUE

© 2011 by Rudolfo Anaya
Illustrations © 2011 by Amy Córdova
Spanish translation © 2011 by University of New Mexico Press
All rights reserved. Published 2011
Printed in Singapore
16 15 14 13 12 11   1 2 3 4 5 6

Library of Congress Cataloging-in-Publication Data
Anaya, Rudolfo A.
La Llorona: the crying woman / Rudolfo Anaya;
[illustrations by] Amy Córdova; [translation] Enrique R. Lamadrid.
p. cm.
A revised, bilingual version of the author's 1996 adaptation
entitled Maya's children.
Summary: In ancient Mexico, beautiful Maya's children
are endangered by the threat of Señor Tiempo who,
jealous of their immortality, plots to destroy them.

ISBN 978-0-8263-4460-1 (cloth: alk. paper)—
ISBN 978-0-8263-4462-5 (electronic)

1. Llorona (Legendary character)—Legends.

[1. Llorona (Legendary character)—Legends. 2. Folklore—Mexico.
3. Spanish language materials—Bilingual.]

I. Córdova, Amy, ill.
II. Lamadrid, Enrique R.
III. Anaya, Rudolfo A. Maya's children.
IV. Title.
PZ8.1.A539Llo 2011
398.20979'02—dc22
                                        2010045987

This is a revised edition of *Maya's Children: The Story of La Llorona*
by Rudolfo Anaya (New York: Hyperion Books for Children, 1997).

To the children of New Mexico and the world, with love. Also, thanks to Amy for her marvelous art and to Enrique for his excellent translations. A special thanks to UNM Press and former director Luther Wilson for publishing a wide variety of bilingual books for children.

—Rudolfo

For Luther Wilson, whose love of the story and of New Mexico, has gifted us all.

—Amy Córdova

Long ago in ancient Mexico, a village celebrated the Festival of the Sun. On that same day, a baby girl was born. Her parents named her Maya. When the chief priest blessed the baby, he noticed a birthmark on her shoulder.

"It is a shining sun," he said. "Maya is a child of the Sun. She will never die."

Hace mucho tiempo en México antiguo, un pueblo celebraba la Fiesta del Sol. Ese mismo día, nació una niña. Sus padres la nombraron Maya. Cuando el sacerdote mayor bendijo a la criatura, notó un lunar en su hombro.

"Es un sol radiante," dijo. "Maya es una hija del Sol. Nunca morirá."

Maya lived a happy life. She grew into a lovely young woman, adored by everyone. She helped her parents with their work in the fields and learned the ways of the village.

The gods who lived on top of the volcano also loved Maya. But Señor Tiempo did not like Maya. He knew Maya was destined to be immortal.

"I am the father of Time!" he shouted. "This girl will never perish! And if she has children, they will live forever. I cannot allow that!"

Maya vivía una vida alegre. Creció hasta convertirse en una joven encantadora, adorada por todos. Ayudaba a sus padres con el trabajo en las milpas y aprendió las costumbres del pueblo.

Los dioses que vivían en la cima del volcán también amaban a Maya. Pero el Señor Tiempo no la quería. Sabía que Maya estaba destinada a ser inmortal.

"¡Yo soy el padre del tiempo!" gritó. "¡Esta niña nunca morirá! Y si tiene hijos, vivirán para siempre. ¡No lo puedo permitir!"

The chief priest heard Señor Tiempo's threat. He ran to tell Maya's parents that she was in danger.

"Señor Tiempo is angry with your daughter," he warned them.

"Why?" Maya's mother asked.

"Señor Tiempo wants everyone to age and then die. But Maya was born with the sign of the Sun God. This means she will *never* die."

"Then he cannot harm her," Maya's father said.

"True," the chief priest answered. "But when Maya has children, Señor Tiempo will take them. You must hide her."

El sacerdote mayor oyó la amenaza del Señor Tiempo. Corrió a los padres de Maya y les dijo que estaba en peligro.

"El Señor Tiempo está enojado con su hija," les advirtió.

"¿Por qué será?" preguntó la mamá de Maya.

"El Señor Tiempo desea que todos se envejezcan y mueran. Pero Maya nació con la seña del Dios del Sol. Quiere decir que *nunca* morirá."

"Entonces no le puede hacer daño," dijo el papá de Maya.

"Es verdad," dijo el sacerdote mayor. "Pero cuando Maya tenga hijos, el Señor Tiempo se los llevará. Tienen que esconderla."

Maya's parents feared for their daughter, so they took her up the volcano into the jungle. There, at the edge of a lake, Maya would live alone, away from angry Señor Tiempo.

In the mornings Maya tended her vegetable garden. In the afternoons she gathered the bright feathers that fell from the wings of parrots. She wove the feathers into beautiful baskets and dresses.

Los padres de Maya temieron por su hija, así que la llevaron a la selva en lo alto del volcán. Allí, a la orilla de una laguna, Maya viviría sola, lejos de la ira del Señor Tiempo.

En las mañanas Maya cuidaba su jardín. En las tardes juntaba las brillantes plumas que caían de las alas de las guacamayas. Tejía las plumas para hacer hermosas canastas y vestidos.

As time passed, Maya grew lonely.

"I wish someone would come to live with me," she said to her friend, Señora Owl.

"It is time for you to have *niños*," Señora Owl replied.

This made Maya happy. Children would be wonderful companions. She would care for them and teach them to grow vegetables and weave baskets.

"What must I do?" she asked.

"Make a clay pot," Señora Owl said. "When the moon is full, take it to the lake and fill it with fertile earth. You will be given seeds to plant in the pot."

Mientras pasaba el tiempo, Maya sentía su soledad.

"Quisiera que alguien viniera a vivir conmigo," le dijo a su amiga, Señora Tecolota.

"Ya es tiempo de que tenga niños," contestó Señora Tecolota.

Maya se alegró. Los hijos serían compañeros maravillosos. Los cuidaría y les enseñaría a sembrar verduras y tejer canastas.

"¿Qué debo de hacer?" preguntó.

"Forma una olla de barro," dijo Señora Tecolota. "Cuando haya luna llena, llévala a la laguna y llénala con tierra fértil. Entonces se te darán semillas para sembrar en la olla."

aya did as she was told. She dug red clay and made a beautiful pot. It was large and round. Maya painted brightly colored birds on it.

That night, the full moon shone as bright as the sun. Maya took the clay pot to the lake and filled it with earth.

Just then, a young man came walking by.

"That's a beautiful pot," he said. "What are you going to plant?"

"Señora Owl told me this is the way to make a baby," Maya answered.

"I, too, spoke to Señora Owl," the young man said. "She told me to put corn in the pot. This way you will grow a lovely child."

He sat beside Maya and took kernels from his leather pouch. He planted the corn in the pot and added water from the lake.

aya hizo lo que se le dijo. Sacó barro colorado y formó una hermosa olla. Era grande y redonda. Maya le pintó pájaros de colores brillantes.

Esa noche, la luna llena brilló casi como el sol. Maya llevó la olla de barro a la laguna y la llenó con tierra.

En ese momento, pasó un joven.

"Qué hermosa olla," le dijo. "¿Qué vas a sembrar?"

"Señora Tecolota me dijo que así se hace un bebé," Maya contestó.

"Yo también hablé con Señora Tecolota," dijo el joven. "Dijo que pusiera granos de maíz en la olla. Así cultivarás un hermoso niño."

El joven se sentó al lado de Maya y sacó granos de maíz de un saco de cuero. Sembró el maíz en la olla y le puso agua de la laguna.

Maya thanked the young man and returned home. She placed the bowl on the window ledge. Each night the moon shone on the bowl, and the sun warmed it by day.

Many months later, Maya heard a whimper. Curled up in the bowl lay a baby girl.

"*¡Mi niña!*" Maya cried. She took the baby and wrapped her in feather blankets.

"You are as beautiful as the tassels of a corn plant," Maya whispered. "I will name you Corn Maiden."

Maya agradeció al joven y volvió a su casa. Puso la olla junto a la ventana. Cada noche la luna brillaba sobre la olla, y durante el día el sol la calentaba.

Muchos meses después, Maya escuchó un gemido. En la olla toda encogida había una bebé.

"¡Mi niña!" gritó Maya. Tomó la niñita y la envolvió en un rebozo de plumas.

"Eres tan bonita como los jilotes del maíz," le susurró. "Te voy a llamar Doncella del Maíz."

The animals of the jungle came to admire the infant.

All were happy except the cautious Señor Snake.

"Beware of Señor Tiempo," he said. "He will come to claim your child."

"What can I do?" Maya asked, worried.

Señora Owl gave her advice. "Save Corn Maiden's bowl by the fireplace. As long as you keep it safe, Señor Tiempo cannot harm her."

Maya did as she was told.

Los animales de la selva vinieron a admirar a la criatura.

Todos estaban contentos menos el cauteloso Señor Serpiente.

"Cuidado con el Señor Tiempo," dijo. "Vendrá por su hija."

"¿Qué puedo hacer?" le preguntó Maya, preocupada.

Señora Tecolota le dio un consejo. "Pon la olla de la Doncella del Maíz junto al brasero. Si la guardas bien, el Señor Tiempo no podrá lastimarla."

Maya hizo como le dijeron.

Maya made another pot. When the full moon came, she took it to the lake and filled it with earth. The young man came to help.

"I grow chile plants in the valley," he said. He sat by Maya and put chile seeds into the pot.

Maya thanked him and took the pot home. Months later, she heard a cry. She looked and found a baby boy snuggled in the bowl.

"¡Mí niño! You are strong as a jaguar," Maya said. "I will name you Jaguar Boy."

Maya hizo otra olla. Cuando regresó la luna llena, llevó la olla a la laguna y la llenó con tierra. El joven vino a ayudar.

"Yo cultivo chile en el valle," le dijo. Se sentó al lado de Maya y puso las semillas de chile en la olla.

Maya le agradeció y llevó la olla a casa. Meses después, Maya oyó un llanto. Miró y encontró un niño encogido en la olla.

"¡Mi niño! Eres tan fuerte como el jaguar," Maya le dijo. "Yo te llamaré Joven Jaguar."

Maya's family grew as the young man came with more seeds: beans, squash, mangos, papayas, lemons, and oranges.

Many beautiful children were born from the seeds. Maya was no longer lonely.

During the day, she taught her children to grow vegetables and weave baskets. At night she told them stories and sang songs.

She made a promise: "As long as I keep your pots safe, you will stay with me forever."

Así creció la familia de Maya mientras el joven vino con más semillas: frijoles, calabacitas, mangos, papayas, limones, y naranjas.

Muchos hijos bonitos brotaron de las semillas. Maya ya no se sentía sola.

Durante el día, les enseñaba a sus hijos a sembrar verduras y tejer canastas. De noche les contaba cuentos y les cantaba canciones.

Les hizo una promesa: "Mientras sus ollas estén protegidas, estarán conmigo siempre."

Señor Tiempo looked everywhere for Maya. One night, he hid outside the home of Maya's parents. He heard Maya's mother say, "Our daughter is safe in her home by the lake."

"Yes," Maya's father agreed. "Now she has her niños to keep her company."

"Children!" Señor Tiempo shouted. "I must make sure they are not immortal like Maya!"

He put on a mask and pretended to be a wise old teacher. He appeared at Maya's garden, where she and her youngsters were gathering corn, beans, and squash.

El Señor Tiempo buscaba a Maya por todas partes. Una noche, se escondió afuera de la casa de los padres de Maya. Escuchó a su madre decir, "Nuestra hija está segura en su casa en la laguna."

"Sí," dijo el padre de Maya. "Ahora tiene a sus niños para acompañarla."

"¡Hijos!" gritó el Señor Tiempo. "¡Voy a asegurar que no sean inmortales como Maya!"

Se puso una máscara y pretendió ser un sabio maestro viejo. Apareció en el jardín de Maya, donde ella y sus hijitos estaban cosechando maíz, frijoles, y calabacitas.

Señor Tiempo looked at the happy and handsome boys and girls. Their skin glowed, their dark eyes sparkled, and their long, black hair glistened in the sun.

"Where did you get such beautiful children?" Señor Tiempo asked Maya.

"Señora Owl told me to make pots of clay," Maya answered. "A young man brought seeds and put them in the pots. The sun and moon blessed the pots, and so my niños were born."

Señor Tiempo whispered to himself, "I have to find a way to steal Maya's children and make them my own. I will not let them live forever."

"But your children will grow up and leave," he said. "They will age and die."

El Señor Tiempo miró los niños y niñas tan alegres y hermosos. Su piel se iluminaba, sus ojos oscuros chispeaban, y su cabello largo y negro brillaba en el sol.

"¿Dónde consiguió estos hijos tan hermosos?" el Señor Tiempo le preguntó a Maya.

"Señora Tecolota me dijo que hiciera ollas de barro," contestó Maya. "Vino un joven con semillas y las puso en las ollas. El sol y la luna bendijeron las ollas, y así nacieron mis hijos."

El Señor Tiempo susurró a sí mismo. "Tengo que encontrar la manera de robar a los hijos de Maya para que sean míos. No permitiré que vivan para siempre."

"Pero tus hijos crecerán y se irán," dijo. "Envejecerán y morirán."

"No," Maya answered. "Señora Owl told me if I keep the pots safe, my children will be immortal."

"So that's her secret," Señor Tiempo murmured to himself. "Now I know how to trick her."

"They are safe with me," Maya insisted.

"But a thief might come and steal the pots," he said in a sweet voice. "I know how you can keep your children with you forever."

"I don't want to lose them!" Maya cried. "Tell me what I must do."

"No," Maya dijo. "La Señora Tecolota me dijo que mientras cuide las ollas de barro, mis hijos serán inmortales."

"Entonces ese es su secreto," suspiró a sí mismo el Señor Tiempo. "Ahora sé cómo engañarla."

"Están seguros conmigo," insistió Maya.

"Pero un ladrón puede venir a robarte las ollas," le dijo en una voz dulce. "Yo sé cómo puedes tenerlos contigo para siempre."

"¡No los quiero perder!" lloró Maya. "Dime qué debo de hacer."

"You must break the pots into pieces and throw them into the lake. This way your children will have everlasting life," Señor Tiempo told Maya.

Maya believed Señor Tiempo was a wise teacher. She broke the pots, took the pieces to the lake, and threw them into the water.

"Debes quebrar las ollas y tirar los pedazos en la laguna. Así sus hijos vivirán para siempre," le dijo el Señor Tiempo.

Maya creía que el Señor Tiempo era un sabio maestro. Quebró las ollas, llevó los pedazos a la laguna, y los tiró al agua.

Suddenly a terrible storm came over the lake. Lightning flashed, and thunder shook the earth. All the animals ran to hide.

Señor Tiempo grabbed the frightened children.

"Come with me!" he shouted.

He led the crying children to the deep lake and tossed them in the water.

"My children!" Maya exclaimed. "Where are my niños?"

"Too late!" Señor Tiempo answered. "Now they're mine!"

Maya knew Señor Tiempo had lied to her.

En ese instante una tormenta terrible vino a la laguna. Los relámpagos relumbraron, y los truenos sacudieron la tierra. Todos los animales corrieron para esconderse.

El Señor Tiempo agarró a los hijos espantados.

"¡Vengan conmigo!" les gritó.

Llevó a los niños llorando a la profunda laguna y los echó al agua.

"¡Mis hijos!" gritaba Maya. "¿Dónde están mis niños?"

"¡Ya es muy tarde!" contestó el Señor Tiempo. "¡Ahora son míos!"

Maya sabía que el Señor Tiempo le había mentido.

She was broken-hearted. All her beautiful children were gone.

"What can I do?" she wondered. "Maybe if I gather the pieces, I can make the pots anew! Then my children will return!"

She hurried into the lake and reached for the broken pieces. But it was too late. The water had dissolved the clay.

Ella quedó desconsolada. Todos sus preciosos hijos se habían ido.

"¿Qué puedo hacer?" pensaba. "¡Quizás si junto los pedazos, pueda renovar las ollas! ¡Así mis hijos volverán!"

Corrió a la laguna para ver si alcanzaba los pedazos quebrados. Pero ya era tarde. El agua había disuelto el barro.

Maya realized she would never see her children again. She ran along the edge of the lake, crying.

"¡Mis niños! ¡Mis niños!"

Her mournful cry echoed across the lake. She wept and pulled her tangled hair. Tree branches tore her dress of bright feathers.

Maya se dio cuenta que nunca más vería a sus hijos. Corría por la orilla de laguna, gritando.

"¡Mis niños! ¡Mis niños!"

Su llanto lastimoso hacía eco por la laguna. Lloraba y se tiraba el pelo desgreñado. Las ramas desgarraron su vestido de brillantes plumas.

Maya's parents and the villagers heard Maya's cry. But there was nothing they could do. They were afraid of the Crying Woman. Fearful mothers called their children indoors.

"Be good," mothers whispered. "Or the Crying Woman will think you belong to her. She will carry you away."

The children shivered and obeyed. They did not go play by the deep and dangerous lake.

Los padres de Maya y la gente del pueblo escuchaban los gritos de Maya. Pero no podían hacer nada. Tenían miedo de La Llorona. Las madres temerosas llamaban a los hijos para que volvieran a la casa.

"Sean buenos," susurraban las madres. "O La Llorona va a pensar que ustedes le pertenecen. Los llevará con ella."

Los niños temblaban pero obedecieron. Ya no iban a jugar a lado de la laguna peligrosa y profunda.

Maya had become La Llorona, the Crying Woman. Since she is immortal, she must search for her children forever.

Today her fearful cry is still heard at night. She appears along the banks of rivers and lakes.

Have you heard the cry of La Llorona? If you have, you know she is warning you to stay away from dangerous places.

Maya se hizo La Llorona, la Mujer que Llora. Como es inmortal, tiene que buscar a sus hijos para siempre.

Hoy sus gritos espantosos se pueden oír en la noche. Ella aparece en las orillas de ríos y lagunas.

¿Han oído el llanto de La Llorona? Si lo han escuchado, saben que les está advirtiendo que se alejen de los lugares peligrosos.

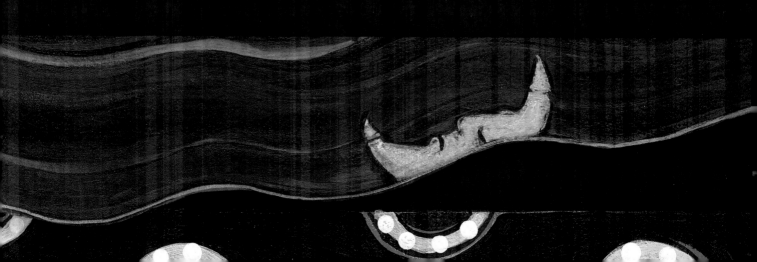